TROIS HARANGVES,

VNE DE SYMMACHE;

ET DEVX DE

S. AMBROISE,

Sur le sujet de la demolition
de l'Autel de la Victoire.

PARIS,

Chez IEAN CAMVSAT, ruë
S Iacques à la Toison d'or.

M. DC. XXXIX.

AVEC PRIVILEGE DV ROY.

PREFACE.

JE vous donne trois Discours, où vous verrez la ruine de l'Idolatrie, le triomphe du Christianisme, & des productions excellentes de deux grands esprits. Symmache autant admirable par son eloquence, qu'illustre par sa dignité est autheur de la premiere, tout y est brillant & delicat, subtil & agreable; on s'aperçoit bien que c'est un homme de condition, & un adroit Orateur qui parle; mais auec tout son artifice, que peut-il dire pour sou-

A ij

PREFACE.

stenir vne si mauuaise cause qui
ne soit foible ? Les armes de l'erreur peuuent-elles faire quelque
effort qui ne doiue ceder à la puissance de la verité? Certes c'estoit
combattre auec trop de desauanta-
ge, que d'auoir la vraye Religion
pour ennemie ; DES Empereurs
Chrestiens pour Iuges, & Sainct
Ambroise pour aduersaire. Ce ge-
nereux Euesque tesmoignant vn
Zele merueilleux pour la gloire de
IESVS-CHRIST, s'oppose
vigoureusement à l'entreprise des
Gentils, respond à toutes leurs
plaintes, & rend enfin la cause de
Dieu victorieuse. Les deux lettres de ce diuin personnage ayant
produit vn si grand effet, ie ne
doute point qu'elles ne soient bien
receuës, mais si le glorieux succez

qu'elles ont eu leur donne de l'esti-
me, elles en tirent aussi de leur
propre merite, & ie pense que
quiconque considerera tant de ra-
res ornemens dont elles sont enri-
chies, la beauté des sentimens, la
maiesté du discours, la pompe des
paroles si parfaitement meslée
auec la grauité des choses, iugera
que Saint Ambroise a satisfait
à son suiet, & à sa reputation. Il
escrit à des Empereurs qui ont
esté de fermes colomnes de la Religion, & de dignes deffenseurs de
la vraye pieté. Cette precieuse qualité leur a donné le tiltre de tres-
Chrestiens, que nos Roys qui leur
ont succedé dans la plus noble partie de l'Europe ont merité pour la
mesme cause. N'est-ce pas vne
heureuse rencontre, que nos Prin-

tes qui dans l'estenduë de leur do-
mination ont conserué toute l'authorité de l'ancienne grandeur de
l'Empire, ayent encore obtenu le
tiltre que la foy auoit acquis aux
premiers Empereurs Chrestiens ?
Comme nostre Monarchie est la
premiere & la plus auguste de toutes celles qui se sont formées des
ruines de la Monarchie Romaine, nos Rois possedent aussi seuls
cette glorieuse prerogatiue , qui
n'est pas moins vne preuue de
leur puissance, qu'vn tesmoigna-
ge de leur pieté. C'est la recompense de tant de seruices qu'ils ont
rendus à l'Eglise ; C'est le butin
precieux des guerres qu'ils ont
courageusement entreprises , &
heureusement acheuées pour
maintenir sa dignité ; C'est l'elo-

PREFACE.

ge honorable que merite la pureté
de leur foy, & leur conſtance inuiolable en la verité de la Religion. Les Princes de l'Empire
Romain ont eu l'auantage de les
preceder, & cét honneur leur eſt
deu, qu'ils ont contribué les premiers à la gloire de Ieſus-Chriſt.
Ils ne ſe ſont pas contentez d'a-
dorer le vray Dieu, ils ont voulu
que tout le monde l'adoraſt auec
eux ; ils n'ont pû ſouffrir le regne
de la ſuperſtition, & par vne ſain-
ête generoſité ils ont commandé
que l'on fermaſt les Temples, &
que l'on demoliſt les Autels des
fauſſes diuinitez par tout leur
Empire ; Ils ont aboly l'vſage des
ſacrifices, deffendu le culte des
Idoles, & condamné les ſacrile-
ges des augures. Ils ne pouuoien

PREFACE.

vser plus iustement de leur puissance qu'en l'employant à la ruine
de l'impieté. N'eust-il pas esté
honteux à des Princes Chrestiens
d'endurer que de leur temps les
hommes seruissent des Dieux
qu'ils s'estoient faits de leurs pro-
pres mains, & parfumassent d'e n-
cens des simulacres qui estoient de
terre comme eux ? N'eust-il pas
esté indigne du triomphe de la
Foy, que ceux qui deuoient rendre
hommage à Dieu de la grandeur
où ils estoient esleuez, implorer sa
grace par des prieres pures & innocentes, & donner exemple de
pieté à tous leurs suiets, souffris-
sent que l'on rendist encore honneur aux demons, que l'on eust
encore des sentimens de veneration pour des mysteres prophanes,

PREFACE.

& que par vne curiosité criminelle on consultast encores les entrailles des bestes mourantes, pour
y aprendre des secrets que Dieu
n'a pas voulu reueler à l'esprit hu-
main? Ces excellens Princes ont
creu qu'vne telle impieté deuoit
armer leur iustice; que c'estoit entreprendre contre l'ordre estably
par la Sagesse eternelle, que de
chercher dans le corps des Victimes la connoissance des choses ca-
chées; Et que c'estoit enfin commettre vn crime digne de la vengeance publique, que de s'enque-
rir non seulement du salut des
Monarques, mais aussi de la vie
des peuples par les sacrifices des
animaux. Ils ont donc par de
sainctes loix estouffé les sacrileges, destruict l'idolatrie, & asser-

A v

PREFACE.

my la gloire de Dieu. Les Idoles ont esté renuersées par leur authorité, & le simulacre de la Victoire qu'on auoit esleué dans le palais de Rome, & qui faisoit horreur à la pieté des Chrestiens, a receu le mesme traitement qu'ont receu tous les autres. Ce fut l'Empereur Constance qui fit démolir le premier l'autel de cette Idole, Iulian l'ayant restably, il demeura sous l'Empire de Iouian, qui regna trop peu de temps pour reparer les outrages que son predecesseur auoit faits à la Religion. Valentinian premier qui auoit esprouué la hayne de Iulian à cause qu'il estoit Chrestien, estant paruenu à l'Empire, quoy qu'il fist profession de la vraye pieté, ne toucha pourtant point à cét Autel, soit que par

diſſimulation il vouluſt laiſſer les
choſes au meſme eſtat qu'il les
auoit trouuées, comme Symmache veut perſuader ; ſoit qu'il ne
ſceuſt pas que les Gentils euſſent
vn Autel en ce lieu auguſte, comme Sainct Ambroiſe luy fait dire
dans la premiere de ſes deux lettres. Mais Gratian fils aiſné de
Valentinian auoit receu vne trop
bonne nourriture, & eſtoit trop
paſſionné de la gloire du Chriſtia-
niſme, pour ſe rendre complai-
ſant aux erreurs de la ſuperſtition, & celuy qui par ſes loix fai-
ſoit mourir l'idolatrie par tout où
s'eſtendoit ſon Empire, n'auoit
garde de ſouffrir qu'elle exerçaſt
ſa tyrannie au milieu de tant de
fideles dont le Senat eſtoit remply.
Les Gentils s'eſmeurent de la per-

te de cette Idole, & Symmache nous apprend qu'il fut deputé pour s'en plaindre à l'Empereur, mais il adiouste que sa premiere deputation fut inutile, & qu'il ne pût obtenir audiance de Gratian. Ce Prince ayant perdu la vie par vn attentat déplorable, les Idolatres creurent qu'ils obtiendroient tout ce qu'ils desiroient de la ieunesse de Valentinian second qui regnoit en Occident sous la conduite d'vne mere Arrienne. Voila donc Symmache deputé vne seconde fois, ce grand homme puissant en authorité & en eloquence entre dans le conseil de Valentinian, & en sa presence fait vn discours pour le restablissement de l'Autel de la Victoire, il le fait au nom du Senat de Ro-

PREFACE.

me, quoy que les Gentils n'en composassent qu'vne petite partie, & y mesle adroitement toutes les plaintes des Prestres des faux Dieux. Ce discours est le premier des trois que ie vous presente, Symmache l'adresse à Valentinian, & à Theodose qui presidoient en mesme temps à l'Empire du monde, & toutesfois Theodose estoit absent lors qu'il le prononça. Quand à Saint Ambroise, il adresse ses deux lettres à Valentinian seulement, & neantmoins dans le corps de l'oraison il parle quelquesfois en commun à ces excellens Monarques. Ce sage Prelat n'eut pas si tost receu l'aduis de la proposition que l'on auoit faicte à l'Empereur, qu'il se resolut de prendre

PREFACE.

la plume ? Et quoy que Valentinian tout ieune qu'il estoit se fust offensé de la hardiesse de Symmache, & eust tesmoigné beaucoup d'affection à la religion Chrestienne, il iugea que l'entreprise des Idolatres pourroit auoir de dangereuses suittes si la verité demeuroit sans deffense. Il escriuit donc à Valentinian la premiere de ses deux lettres, auant que d'auoir veu la harangue de Symmache; Il demanda qu'elle luy fust communiquée, & apres qu'il l'eut veuë, il y respondit par la seconde, & en vn moment il ruina toutes les esperances des Gentils. Certes il respondit auec tant de grace, de vigueur & de solidité, qu'il força mesme la Victoire de se mettre de son party, & d'aban-

PREFACE.

donner celuy de ses adorateurs. La
cause de Dieu eut le succez que les
fideles se promettoient, l'effort de
l'idolatrie fut inutile, & la puissance souueraine apres vne con-
trouerse solemnelle, confirma par
vn arrest équitable la cheute de la
superstition. Ie ne croy pas que
ma version puisse atteindre à la
maiesté de Symmache, & de
sainct Ambroise, nous sommes
trop inferieurs à ces grands per-
sonnages pour aspirer à la gloire
de les representer auec toute leur
dignité, c'est assez que ie les suiue
de loing, & que mes paroles ser-
uent à former quelque image
grossiere de leur parfaicte eloquence.

HARANGVE
DE
SYMMACHE
GOVVERNEVR
DE ROME.

ADRESSEE
AVX EMPEREVRS
VALENTINIAN, THEODOSE
ET ARCADIVS,

Pour le restablissement de l'Autel
de la Victoire.

 VSSi-tost que l'ordre
illustre du Senat qui
fait des vœux conti-
nuels pour vostre sa-
lut, a recónneu que la iustice

de vos loix auoit ramené les
bonnes meurs , & que voftre
pieté auoit reformé les defor-
dres des regnes precedens , il a
creu que le bón-heur de fon fie-
cle luy donnoit la liberté de
faire efclater vne douleur qu'il
a long-temps retenuë. Il m'a
donc deputé vne feconde fois
pour demander en fon nom à
vos Majeftèz toufiours Augu-
ftes , & toufiours victorieufes,
ce qu'il euft fans doute obtenu
de l'efprit équitable du diuin
Empereur Gratian , fi les ennemis des gens de bien ne m'euf-
fent refufé cette grace que ie
fouhaittrois paffionnément, d'a-
procher de fa perfonne pour
luy faire entendre les fubiets
que nous auons de nous plaindre. Ainfi à caufe de la charge
de Gouuerneur de Rome que
j'exerce foubs voftre autorité,
ie prends le foing des chofes

que l e Senat à refoluës; Et com
me deputé de cette celebre
Compagnie, ie vous prefente
les tres-humbles fupplications
de vos peuples. Il n'y a point de
diuifion parmy nous, & nos efprits font vnis dans vne parfai-
te correfpondance, parce que
les hommes ne croyent plus
que pour aduancer leurs pre-
tentions à la Cour, ils doiuent
nourrir entr'eux des ialoufies
& des difcordes. Et certes il eft
plus auantageux de fe rendre
digne de l'amour & de l'eftime
de fes concitoyens, que d'auoir
auec leur hayne la puiffance de
leur commander. Quelle honte
que la Republique ait tant fouf-
fert pour des querelles particu-
lieres. C'eft à bon droit que le
Senat tefmoigne de la chaleur
contre ceux qui ont preferé
leur grandeur à la reputation du
Prince. Quand à nous qui fai-

fons des deſſeins plus legitimes,
nous veillons ſans ceſſe pour le
bien de voſtre Empire; Car en
deffendant les choſes eſtablies
par nos anceſtres, les droits & la
fortune de noſtre patrie, nous
trauaillons pour la gloire de
noſtre ſiecle, qui reçoit vn merueilleux luſtre de la conduite du
Prince, lors que bornant l'éten-
duë de l'authorité ſouueraine, il
croit qu'il ne luy eſt pas permis
de violer les bonnes inſtitutions
de la ſage Antiquité. Nous vous
ſupplions donc de nous rendre
l'exercice de la Religion qui a
fait ſi long-temps ſubſiſter cét
Eſtat. Nous auons eu des Princes qui ont honoré les Dieux,
nous en auons eu auſſi qui ont
eſté Chreſtiens, mais entre ceux
qui tenoient nagueres le ſceptre
de cét Empire, l'vn a embraſſé
les ceremonies de nos anceſtres,
& l'autre ne les a pas condam-

nées. Si la pieté des anciens ne
peut feruir d'exemple pour noftre temps, que la diffimulation
de nos derniers Monarques
nous en ferue. Y a-t-il quelqu'vn
fi paffionné pour la profperité
de nos ennemis, qu'il ne regarde pas quelquesfois l'Autel de
la victoire? Il faut penfer ferieufement à l'auenir, & deftourner
les malheurs que le mefpris des
Dieux immortels attire fur nos
teftes. Que fi toutesfois vous ne
treuuez pas bon d'honorer la
Victoire comme vne diuinité,
honorez pour le moins le nom
d'vne chofe fi defirable. Certes
voftre grandeur luy doit de iu-
ftes hommages, & luy en deura
encores de plus illuftres à l'auenir. Que ceux-là ayent en horreur cette puiffance qui ne l'ont
point éprouuée fauorable, mais
quand à vous, ce feroit combattre vos própres interefts, que

de mefprifer vne protection
qui eft la fource de vos triomphes. Il faut que tous les hommes luy rendent leurs vœux, &
comme il n'y a perfonne qui
n'aduouë qu'elle eft digne de
fes fouhaits , il n'y a auffi perfonne qui luy doiue défnier la
veneration qu'on porte aux
chofes fainctes. Mais quand
méme la deftruction de fon Autel n'euft pas efté vn augure,
dont le funefte prefage fe deuoit éuiter, il falloit pourtant
s'en abftenir , pour ne pas def-
poüiller le palais d'vn de fes
plus riches ornemens : Et par-
tant accordez nous cette grace
que nous puiffions laiffer à nos
enfans ce que nous auons receu
de nos peres. Les hommes ay-
ment auec beaucoup de paffion
ce qu'ils poffedent par vn long
vfage , & par vne ancienne
couftume. Que l'on ne nous

oppofe point l'action de l'Em-
reur Conftance ; Car ce qu'il fit
ne dura gueres,&vous ne deués
pas vous arrefter à des exem-
ples qui n'ont point eu de cre-
dit, ny imiter ce Prince en vne
chofe qui ayant efté faite fut
incontinent apres reuoquée.
Nos foings ont pour obiect
l'eternité de voftre nom & de
voftre gloire , & nous ne voulons pas que la pôfterité puiffe
treuuer rien à reprendre en voftre vie. Mais cét Autel n'eftant
plus , fur quel autre iurerons
nous l'obferuation de vos loix,
& l'obeyffance à vos comman-
demens ? Quelle diuinité fera
trembler les mefchans , & les
deftournera de porter faux tefmoignage ? Il faut auoüer que
Dieu remplit toutes chofes,
que cette puiffance infinie eft
redoutable par tout, & que les
hommes n'ont point de cachet-

tes pour couurir leurs crimes
que sa veuë ne penetre. Mais il
est vray aussi qu'vne diuinité
presente a vne force merueil-
leuse pour imprimer la crainte
dans leurs esprits, & pour les
empescher de mal faire. Cét
Autel asseure donc le repos de
tout le monde, cét Autel maintient la foy des particuliers, &
ce qui est cause qu'on rend tant
de respect aux arrests du Senat,
c'est qu'il semble que cét ordre
ayt tousiours deuant les yeux le
serment qu'il a presté sur vn Autel si venerable. Quoy le Trosne
de la Iustice ne sera plus qu'vn
siege prophane exposé à l'inso-
lence des pariures! Les Princes
qui president à cét empire pour-
ront-ils croire vn tel desordre,
eux qui pensent que la sainûeté
des sermens rend inuiolable
l'authorité publique? Mais on
dit que la chose dont nous nous
plai-

plaignons n'eft point nouuelle, puifque l'Empereur Conftance en a fait 'autant. Imitons de grace les autres actions
de ce Prince, & ne l'imitons
point en celle-cy, dont il n'euft
pas donné l'exemple, fi quelqu'vn deuant luy tombant dans
la mefme faute l'euft inftruit
par fon erreur : Les manque-
mens des autres nous ouurent
les yeux, & nous corrigeons
aifément nos deffauts quand
nous voyons que ceux qui
nous ont precedez en ont efté
repris. Il ne fe faut pas eſtonner fi ce grand Monarque en-
treprenant vne chofe toute
nouuelle, n'a pû éuiter la cen-
fure des hommes. Mais fi nous
voulons faire à prefent ce que
nous auons veu condamner,
l'excufe de la nouueauté nous
peut-elle feruir de deffenfe ? Ce
Prince a laiffé à fes fucceffeurs

aſſez d'autres belles marques
de ſa ſageſſe , que vous pouuez plus iuſtement vous pro-
poſer pour exemple. Il n'a rien
retranché des priuileges que
l'antiquité a donnez aux Veſtales , il a remply le College
des Pontifes de perſonnes nobles , il n'a pas refuſé d'employer les deniers publics à
l'entretenement de nos ceremonies , & marchant dans les
ruës de Rome auec le Senat,
qui eſtoit rauy de ioye de receuoir vn tel honneur, il a regar-
dé d'vn viſage tranquille les
temples de nos Dieux, il a leu
les noms de nos diuinitez, gra-
uez au frontiſpice de nos Temples , il s'eſt informé de leurs
origines , il a admiré la magni-
ficence de ceux qui ont fait
eſleuer de ſi ſuperbes edifices,
& quoy qu'il fiſt profeſſion
d'vne autre Religion, il a laiſſé

celle-là à cét Empire. En effet
chacun a sa deuotion particu-
liere ; chacun a ses ceremonies
à part : Ainsi la Sagesse diuine a
distribué à toutes les villes cer-
tains esprits pour auoir soing de
leur conduite , & comme elle
donne les ames aux hommes
qui naissent sur la terre , elle
donne aussi aux peuples cer-
tains genies qui les assistent par
l'ordre de leur destinée. Mais
ce qui nous oblige principalement d'adorer la Majesté des
Dieux , c'est le bien que nous
en receuons. Et certes la raison
humaine n'ayant pas assez de
lumiere pour nous descouurir
la Nature de la diuinité, d'où en
pouuons nous tirer de plus cer-
taine connoissance que de la
consideration de ses effets merueilleux ? Que si la Religion
prend son autorité de la longue

suitte des années, nous deuons
estre fidelles à celle qui a duré
tant de siecles, & suiure la pieté de nos ayeuls, qui ont heureusement suiuy la deuotion de
leurs ancestres. Ie m'imagine
que Rome se presente à vos
yeux, & qu'elle vous dit ces paroles. Vous qui gouuernez cét
Empire auec tant de iustice,
peres de cette belle patrie,
portez respect à mon aage, qui
m'a fait vieillir pieusement
au seruice des Dieux, & per-
mettez-moy de conseruer mes
anciennes ceremonies. Ie ne
me repens point de les auoir si
long-temps gardées, & puisque ie suis libre, il est raisonna-
ble que ma façon de viure dé-
pende de mon choix. Ma Religion a rendu toute la terre suie-
te à ma puissance, elle a chassé
Annibal de mes murs, & les
Gaulois de mon Capitole. Se-

rois-je bien si mal'heureuse, que
d'auoir vescu iusquà cette heu-
re pour estre condamnée en ma
vieillesse côme coulpable d'impieté. Quelque bonne & loüa-
ble que puisse estre la nouueauté , il y a moins de peril à la re-
ietter, qu'a entreprendre de re-
former l'antiquité qui ne peut
estre corrigée que trop tard , &
qui en cette occurrence prend
tousiours les conseils pour des
iniures. Rendez la paix aux
Dieux de vostre païs, cette priere est iuste , car les hommes
soubs le nom de diuerses diuinitez n'adorent qu'vn mesme
Dieu. Ils regardent tous de mesmes astres , ils tirent leur origine d'vn mesme Ciel, & le mesme
Vniuers les enuironne. Qu'im-
porte auec quelle lumiere on
s'efforce de rencontrer la verité,
c'est vn secret où on ne peut arriuer, par vne seule route. Mais

laiſſons ce ſuiet à ceux qui ont
le loiſir de diſputer, quand à
nous, ce ne ſont pas des contro-
uerſes, mais des prieres que
nous vous offrons. Quel profit
penſez vous qu'ayt faict voſtre
eſpargne, par la reuocation des
droits des Veſtales? on retran-
che ſoubs des Empereurs extremement magnifiques, ce qui
ne ſe deſnyoit pas ſoubs des
Empereurs extremement meſ-
nagers. Ce pendant c'eſt fort
peu de choſe, & cette grace
qui eſt comme la ſolde de la
chaſteté, n'eſt precieuſe qu'à
cauſe de la gloire qu'il y a de
receuoir quelque bien-fait de
la liberalité du Prince. D'ailleurs comme les bandeaux ſa-
crez que portent ces Vierges
font honneur à leurs perſonnes, ainſi c'eſt vne belle mar-
que de la dignité de leur fon-
ction, que d'auoir merité l'e-

xemption des charges publiques. Elles en demandent la
confirmation, & toutesfois cette noble prerogatiue n'eſt pour
elles qu'vn tiltre inutile, parce
qu'elles trouuent leur priuilege
dans leur pauureté. Certes c'eſt
les rendre dignes de nouuelles
loüanges que de diminuer leurs
biens , car la virginité qui s'eſt
voüée pour le ſalut public, releue ſon merite quand elle
perd ſa recompenſe. Mais l'innocence de voſtre eſpargne ne
ſouffre pas vn meſnage ſi peu
honorable. Il faut que le treſor
des bons Princes profite des richeſſes des ennemis, & non pas
des dépoüilles des Preſtres. Y
a-t-il quelque gain qui apporte
autant de commodité , que la
hayne des peuples apporte de
dommage ? Vous n'auez pas
ſuiet de la craindre, parce que
l'auarice eſt bannie de voſtre

regne, & que voſtre generoſité
vous exempte de la contagion
d'vn vice ſi odieux. Mais cela
eſtant c'eſt ſans doute vn malheur déplorable, que de ſe voir
rauir des gratifications que
leur antiquité ſembloit auoir
renduës inuiolables. Car ſoubs
des Princes qui ne touchent
point au bien d'autruy, & qui
ſçauent reſiſter à cette violente
paſſion d'amaſſer des treſors, ſi
l'on deſpoüille quelqu'vn de
ce qui luy appartient, c'eſt vn
témoignage de la hayne qu'on
luy porte, puiſque ce n'eſt pas
vn effet de la conuoitiſe des
Monarques. Choſe eſtrange !
le fiſc s'attribuë les terres que
les hommes mourans ont leguez aux Vierges ſacrées, &
aux miniſtres des Temples des
Dieux. Vous qui eſtes les Preſtres du Temple de la iuſtice,
reprimez cét abus, & rendez à

nos myſteres les ſucceſſions des
particuliers. Qu'ils diſpoſent li-
brement de leurs richeſſes.
Qu'ils faſſent leurs teſtamens
en ſeureté, qu'ils ſçachent que
ſoubs vn regne où l'auarice n'a
point d'Empire, leurs dernie-
res volontez feront execu-
tées. Faictes iouïr voſtre ſiecle
d'vne ſi agreable felicité, &
que l'auantage d'auoir procuré
à vos peuples vn tel bon-heur,
vous faſſe gouſter vne ſolide
ioye. Vous donnerez vne con-
ſolation bien douce aux hommes qui meurent, & vous deli-
urerés leurs eſprits de la crainte
qu'ils ont que leur autorité ne
s'eſteigne auec leur vie. Seroit-
il bien poſſible que les Loix de
Rome ne reglaſſent pas les
droits de la Religion des Romains? Quel nom donnera-t-on
a cette incapacité de receuoir
des liberalitez que nulle loy,

& nul accident n'ont renduës
caduques ? Les affranchis peuuent poſſeder les biens qui leur
ont eſté leguez , on ne deſnie
pas meſme aux eſclaues la iouïſ-
ſance des graces legitimes qui
leur ſont faictes par des teſtamens. Il n'y a que nos illuſtres
Vierges , & les miniſtres de nos
ſacrifices qui ne peuuent ſucceder aux heritages que l'on a
laiſſez à leur pieté. Que ſert
donc de voüer ſa viginité pour
le ſalut public? Que ſert de faire
armer le Ciel pour ſouſtenir la
Maieſté de l'Empire ? Que ſert
de ioindre le ſecours de tant de
grandes vertus à vos legions &
à vos Aigles ? que ſert de faire
des vœux vtiles à tous les hommes ? s'il faut eſtre apres tout
cela de plus mauuaiſe condition que le reſte des hommes.
Quoy la fortune d'vn eſclaue
ſera-t-elle plus auantageuſe que

celle d'vn Preftre, des Dieux
immortels ? Peut-eftre que noftre affection offenfe la Republique, & cependant il ne luy
eft iamais auantageux de fe
monftrer ingratte enuers ceux
qui par leurs fetuices procurent
fa gloire , & contribuent à fa
felicité. Que l'on ne s'imagine
pas que ce foit feulemeut l'intereft de noftre Religion qui
nous fait plaindre , tous les
maux qui affligent maintenant
cét Empire ont pris naiffance
de l'iniuftice que nous fouf-
frons. Nos anceftres auoient
gratifié les Vierges Veftales, &
les Preftres de nos Dieux de
quelques petits reuenus pour
leur ayder à viure , & de quelques priuileges dont la iouïf-
fance leur eftoit neceffaire. Cette grace leur a efté inuiolable-
ment conferuée iufques à noftre temps , que certaines gens

B vj

ont détourné le fonds destiné
aux alimens de la saincte Virginité, pour l'employer à vne des-
pense autant vile & abiecte,
que celle-là estoit noble & precieuse. La famine generale a
esté la recompense d'vne action
si infame. Vne deplorable steri-
lité a ruiné l'esperance de toutes nos Prouinces. Ce n'est pas
que la terre ne soit aussi capable de porter des fruits en
abondance qu'elle ayt iamais
esté ; il ne faut point attribuer
nostre malheur à la violence
des vents ; que personne ne se
persuade que la bruine ait ga-
sté nos moissons, que les mau-
uaises herbes ayent estouffé nos
bleds , c'est vn sacrilege public
qui a produict la necessité publique , & il estoit bien raison-
nable que les hommes perdis-
sent des biens dont ils auoient
nuié vne si petite partie aux

Miniſtres des Dieux. Certes ſi cette iniure a quelque exemple, nous voulons bien que la viciſ-ſitude des années paſſe pour la cauſe de noſtre calamité. Tou-tesfois nos yeux ont veu vn ſi eſtrange dereglement dans l'air que nous ne pouuons douter que cette malheureuſe ſterilité ne ſoit vn effect de la colere du Ciel. Ainſi les hommes ne ſe rempliſſent maintenant que des fruits que produiſent des plantes ſauuages, & les pauures ſont reduits à vne ſi extreme miſere, qu'il faut que le gland leur ſerue encores de nourritu-re. Eſprouuoit on quelque cho-ſe de ſemblable du temps que le public fourniſſoit des ali-mens aux Preſtres de nos Dieux? Tandis que les meſmes maga-zins ſouſtenoient la vie du peu-ple & des Vierges ſacrées, a-t-on veu les hommes ſecoüer les

chefnes, & arracher les racines
des herbes pour auoir dequoy
foulager leur faim? a-t-on veu
que toutes les regions affligées
d'vne mefme aduerfité, n'ayent
peu s'entre-fecourir,& que per-
dant toutes leur fecondité na-
turelle, elles ayent manqué à
s'affifter mutuellement? Alors
certes en faueur de la noutritu-
re des Preftres, la terre eftoit
plus liberale de fes biens, & ce
qu'on leur en donnoit n'eftoit
pas tant vne largeffe, qu'vn
remede contre la fterilité.Peut-
on douter que des biens fi precieux dont tous les hommes
font maintenant priuez par vne
mefme calamité, n'ayent en
tout temps efté produicts pour
la commodité de tous les hommes? Quelqu'vn me pourra dire que l'on ne veut plus qu'vne
autre Religion que celle du
Prince foit entretenuë aux def-

pens du public. Mais c'est vne
opinion bien esloignée des sentimens des bons Empereurs,
de croire que le fisc puisse dis-
poser des choses que la republique a autresfois liberalement
données. Car comme sa richesse
est composée de celle des particuliers, ce qui en retourne aux
particuliers leur appartient
sans doute legitimement. Vous
estes maistres de tout, parce
que vous tenez la balance éga-
le entre vous, & vos subiects,
que vous conseruez à chacun
équitablement ses droits, & que
vous preferez la iustice à la li-
cence que s'attribuë l'autorité
souueraine Mais parmy tant de
vertus qui vous rendent si ado-
rables, consultez vostre liberalité, & demandez luy si elle ap-
prouue que les choses dot vous
auez gratifié quelqu'vn soïent
encor apres cela du domaine

public. Certes il eſt vray que
les graces qui ont eſté vne
fois accordées en l'honneur de
cette grande Ville ne ſont plus
à ceux qui les ont accordées,
& que ce qui au commence-
ment eſtoit vn don, a pris par
le long vſage, & par la ſuit-
te des années la nature d'vne
debte. Ainſi l'on taſche de ietter dans vos eſprits vne vaine
crainte quand on vous fait entendre que vous fauoriſez de
vos bien-faits la Religion des
Dieux , ſi en la dépoüillant
vous ne vous expoſez à la hayne de tant de peuples. Mon-
ſtrez donc que ce ſcrupule ne
vous touche point , poſſedez
heureuſement l'amour de tous
vos ſubiets, & que ces aſſiſtances ſecrettes que toutes les ſe-
ctes reçoiuent du Ciel, contribuent à voſtre proſperité , &
principalement celles, qui ont

autresfois esté si fauorables à
vos anceſtres. Mais pendant
que les puiſſances diuines agiſ-
ſent pour voſtre ſalut, il eſt iuſte que nous leur rendions le
ſeruice que nous leur deuons.
Nous demandons l'exercice de
la religion qui a gardé cét Empire à voſtre pere, & qui a donné à ce grand Prince des enfans
pour ſucceder à ſa Couronne.
Ce diuin vieillard quittant la
terre eſt monté au Ciel, d'où il
regarde les larmes que reſpan-
dent les Preſtres, & il croit que
ceux qui violent des ceremonies qu'il a bien voulu conſeruer luy font vn reproche iniu-
rieux. Que le reſpect que vous
portez à la memoire de voſtre
frere vous oblige de corriger
vne erreur qui a eſté commiſe
ſoubs ſon autorité par le conſeil de ſes mauuais miniſtres, &
que voſtre prudence couure ſa-

gement vne action qu'il a ap-
prouuée, ne sçachant pas qu'elle fust desagreable au Senat.
En effect l'audiance ne me fut
dényée lors de ma premiere deputation , qu'a cause que l'on
craignit que ce Prince ne vou-
lust par vn iugement public
nous oster la cause de nos plaintes , si elles luy estoient con-
neuës. C'est à vous maintenant
d'y apporter le remede, & vous
estes trop bien informez de la
conduite de ce temps-là, pour
ne vous pas resoudre aisement
à reuoquer vne chose , que
nous soustenons n'auoir point
esté faite du mouuement de nostre diuin Monarque.

LETTRE DE SAINT AMBROISE EVESQVE DE MILAN,

AV TRES-HEVREVX PRINCE ET TRES-CHRESTIEN Empereur Valentinian.

Touchant la pourſuitte faite par les Gentils, pour le reſtabliſſement de l'Autel de la Victoire.

OMME tous ceux qui viuent ſoubs voſtre Empire ſont ſubiects à vos Loix, & combattent ſoubs vos enſeignes, ainſi vous deuez vous ſoumettre à la puiſſance de Dieu, combattre pour ſa gloire & pour la verité qu'il a luy meſme enſeignée:

Car pour acquerir le bon-heur
eternel il faut neceſſairement
ſeruir d'vne ame pure & ſince-
re'le vray Dieu, c'eſt à dire le
Dieu des Chreſtiens qui gou-
uerne toutes choſes par ſa pro-
uidence. C'eſt à luy ſeulement
que la diuinité appartient,
comme c'eſt luy ſeul qui reçoit
l'adoration des mouuemens in-
terieurs de noſtre ame ; quand
aux Dieux des Gétils ils ne ſont
point dignes de nos vœux, parce que l'eſcriture ſainĉte nous
apprend que ce ne ſont que des
demons. Quiconque donc s'en-
rolle ſoubs les eſtendars du
vray Dieu, quiconque le reçoit
veritablement dans ſon cœur
ne doit pas vſer de diſſimulation aux choſes de la foy, ne
doit pas negliger la ſainĉteté de
la Religion pour s'accommoder
aux ſentimens d'autruy, mais il
doit eſtre enflammé d'vn ſainĉt

amour & d'vne veritable deuotion , & s'il n'eſt pas encores paruenu à vn eſtat ſi parfait , il ne doit au moins nullement conſentir à l'adoration des Idoles , & au culte prophane de la ſuperſtition. Dieu ne peut eſtre trompé par ce qu'il voit toutes choſes , & qu'il découure nos plus ſecrettes penſées. Ie m'eſtonne donc que ſoubs l'Empire d'vn Prince tres-Chreſtien, qui doit ſeruir le vray Dieu d'vne foy, d'vn amour, & d'vne deuotion inuiolable , on ayt peu conceuoir l'eſperance du reſtabliſſement des Autels conſacrez aux fauſſes diuinitez; qu'on ayt peu ſe perſuader que les Gentils reprendroient l'vſage de leurs ceremonies prophanes par voſtre autorité, & que vous entretiendriez de vos finances la deſpenſe de leurs ſacrifices. Et certes ce ſeroit plu-

ſtoſt leur donner du voſtre, que
les remettre en poſſeſſion de ce
qui leur appartient, ſi vous leur
rendiez ce qui eſt rentré il y a
long-temps dans les coffres du
fiſc ou du treſor public. He
quoy ces gens là qui n'ont iamais eſpargné noſtre ſang, qui
ont demoly nos Egliſes, ſe plai-
gnent ils de voir leur vaine religion deſpouïllée de ſes biens?
Ceux qui vous demandent des
priuileges ne ſont-ce pas ceux-
là meſmes, qui ont excité nagueres contre nous les loix de
Iulian, pour nous oſter la liberté de faire inſtruire noſtre ieu-
neſſe par les Profeſſeurs des
belles diſciplines, & pour rauir en meſme temps aux Chreſtiens tout ce que la parole ani-
mée des graces de l'eloquence
a de force, & d'autorité? Et les
priuileges qu'ils vous demandent ne ſont-ce pas les meſmes

qui ont fouuent feruy de piege
pour faire tomber les fidelles?
Car ils fe font efforcez d'en atti-
rer quelques vns par l'amorce
de leurs exemptions , prenant
auantage , ou de l'imprudence
de ceux qu'ils vouloiét perfua-
der , ou de l'inclination qu'ils
trouuoient dans leurs efprits à
fe garentir de l'incommodité
des charges publiques : et par
ce que tous les hommes n'ont
pas affez de conftance pour refi-
fter à la tentation, plufieurs ont
renoncé à la foy, mefme foubs
le regne pieux des Empereurs
Chreftiens. Certes fi les Gentils n'auoient pas defia efté priuez de ces dons & de ces priuileges , ie ferois d'auis qu'ils les
perdiffent par voftre comman-
dement , mais puis qu'ils leur
ont efté oftez prefque par tout
l'Vniuers , de l'authorité de
plufieurs Princes qui ont tenu

deuant vous le sceptre de l'Empire Romain, & que Gratian d'auguste memoire frere de vostre Maiesté, porté du zele d'vne veritable foy, les a abolis par ses lettres patentes dans la ville capitale du monde; ne faictes pas cette iniure à l'Eglise de Dieu, de destruire ce qui a esté si sainctement estably, & ce qué vostre frere a si iustement ordonné. Les loix qui reglent les affaires ciuiles sont inuiolables, & on ne fera point de difficulté de violer celles qui disposent des choses de la pieté. Que personne n'espere de surprendre vostre ieunesse par ses artifices; si c'est vn Gentil qui vous presse d'estre fauorable à sa superstition, vous ne deuez pas souffrir qu'il vous engage dans la seruitude de son erreur, & il vous enseigne par son propre exemple auec quelle

le affection vous debuez embraſſer les intereſts de la vraye
religion, puis qu'il apporte tant
d'effort à la deffence des vaines
images do la verité. I'aduoüé
qu'il faut deferer beaucoup aux
merites des grands hommes,
mais la cauſe de Dieu doit eſtre
preferée à toutes les conſidera-
tions humaines; Si l'on veut de-
liberer des affaires de la guerre
on prend aduis de ceux qui ſe
ſont le plus ſignalez dans les
combats , on eſcoute & on ap-
prouue leurs conſeils ; lors qu'il
s'agit de la Religion il ne faut
regarder que Dieu. Ce n'eſt faire iniure à perſonne que d'auoir
ſoin de la gloire de Dieu tout-
puiſſant deuant toutes choſes.
D'ailleurs ce perſonnage qui
vous ſollicite en faueur de ſes
Dieux, a deſia ce qu'il peut pretendre. Car vous ne le forcez
pas d'adorer malgré luy la vraye

Diuinité qu'il ne veut pas reconnoiftre. Il eft bien iufte que
noftre Monarque iouïffe du
mefme auantage, & il faut que
chacun fupporte patiemment
que l'Empereur n'accorde pas
par contfainte, ce que l'on ne
trouueroit pas bon que l'Empereur vouluft emporter de
violence. Les Gentils mefmes
condamnent ceux qui par quelque intereft trahiffent leur deuoir. En effect nous deuons
deffendre auec generofité &
conferuer auec conftance les
connoiffances que Dieu nous a
données de fes veritez. Que s'il
fe trouue quelques Chreftiens
qui vous confeillent d'octroyer
aux Gentils ce qu'ils demandent, que la feinte profeffion
qu'ils font ne vous trompe pas,
ils ont renoncé à noftre Religion, & ne font plus Chreftiens
que de nom. Celuy qui donne

ce conseil, & celuy qui l'autho-
rise par sa puissance sacrifie aux
Idoles. Mais le sacrifice d'vn
seul est plus supportable que la
cheute de tous. Et certes tout
ce qu'il y a de Chrestiens dans
le Senat est au hazard de se perdre, si les Gentils obtiennent
ce qu'ils poursuiuent. Imagi-
nons nous cét Empire gouuerné par vn Monarque infidelle,
qui feroit dresser des autels, es-
leuer des simulacres, & quoy
que cette pensée nous fasse horreur, figurons nous toutesfois
que ce Prince forceroit les
Chrestiens de s'assembler deuant ces autels, afin qu'ils fussent presens aux sacrifices, que
la cendre des victimes, les
bluettes des flammes sacrileges,
& les fumeés des buchers prophanes se meslassent parmy l'air
qu'ils respireroient, & qu'ils
fussent contraints d'assister au

Palais, pour y dire leurs aduis,
apres auoir folemnellemét pre-
fté ferment fur l'Autel , & deuant l'Idole. Car c'eft pour cela
que cét Autel a efté placé en
ce lieu augufte; les Gentils pen-
fent que la prefence du fimula-
cre qu'ils inuoquent dans la fo-
lemnité de leur ferment affer-
mit leur foy , & leur infpire la
iuftice par fa faincteté. Quel
feroit en cette rencontre le fen-
timent des Chreftiens qui com-
pofent maintenant la plus grande partie du Senat ? Ils croi-
roient fans doubte fouffrir vne
cruelle perfecution, s'il falloit
à cette dure condition qu'ils fe
trouuaffent au Palais, où on les
oblige affez fouuent malgré
eux deuenir prendre leur place.
Nous ne fommes pas fi mal-
heureux que d'auoir vn Empereur infidelle , mais quoy
foubs voftre regne, ie veux di-

re foubs le regne d'vn Prince
tres-Chreftien, les Chreftiens
feront ils contraints de iurer
fur l'autel d'vn Idole. Qu'eft-ce
que iurer, finon adüoüer que
cette puiffance que l'on appelle
pour prefider à fon ferment, &
pour receuoir fa foy, eft la Diuinité. Quoy on demande que
vous faffiez releuer vn autel
prophane? que vous fourniffiez
à la defpenfe des facrifices de
l'idolatrie? mais c'eft demander
que vous commettiez vn facri-
lege. Gardez vous donc grand
Monarque, d'efcouter fauora-
blement des prieres fi iniuftes,
que voftre autorité ne ferue pas
d'appuy à la fuperftition, i'en
coniure voftre foy comme
Euefque de Iefus-Chrift, autant que nous fommes d'Euef-
ques nous vous en coniurerions
tous, fi cette nouuelle n'auoit
efté auffi foudaine qu'elle eft

incroyable , que de si estranges
propositions eussent esté faites
dans voftre conseil , ou que le
Senat vous euft supplié de luy
accorder des chofes fi defrai-
fonnables. Et certes nous ne
pouuons croire que ce foit vne
deliberation de cette augufte
Compagnie, c'eft vn petit nombre de Gentils qui s'authorife
du nom de tout le corps. Ainfi
il n'y a que deux ans, que fur
l'occurrence d'vne pareille entreprife , Damafe Éuefque de
Rome efleué au Pontificat par
la volonte de Dieu, m'enuoya
vn Liure que firent publier les
Senateurs Chreftiens en fort
grand nombre , par lequel ils
declaroient qu'ils n'approu-
uoient point la pourfuitte des
Gentils , qu'ils n'en auoient
point donné charge, & qu'ils
n'y pouuoient apporter leur
confentement. Ils fe firent lors

entendre, & en public & en
particulier qu'ils n'entreroient
plus au Senat, si l'Empereur ac-
cordoit aux Gentils ce qu'ils
pretendoient. Ce seroit vraye-
ment chose bien digne de vostre siecle, bien digne d'vn siecle Chrestien, que l'on vist les
Senateurs Chrestiens dépoüil-
lez de leurs dignitez, afin que
les esperances prophanes des
Senateurs payens eussent vn
succez fauorable. I'addressay
ce liure à l'Empereur Gratian
frere de vostre Majesté, qui ap-
prit par ce moyen que le Senat
n'auoit point donné pouuoir à
ceux qui se disoient deputez de
sa part de demander l'entretenement des misteres de la superstition. Mais on me dira pourquoy donc les Senateurs Chrestiens ont-ils cessé si long-temps
d'aller au Senat pendant cette
poursuitte. Certes ceux qui se

font abſtenus d'aller au Senat
diſent aſſez clairement ce qu'ils
deſirent , & ceux qui ont parlé
à l'Empereur ont aſſez parlé
pour deſcouurir leurs mouuemens : Mais il ne ſe faut pas
eſtonner ſi ces eſprits remuans
par vne tyrannie inſupportable
qu'ils exercent dans Rome , ra-
uiſſent aux particuliers la liberté de reſiſter à leurs attentats,
puis qu'ils veulent vous oſter la
liberté de ne point commander
ce que vous n'approuuez pas, &
de ne point embraſſer ce qui re-
pugne à vos ſentimens. C'eſt
pourquoy me ſeruant du pouuoir qu'vne deputation ſaincte
& honorable m'a donné nagueres , ie coniure encores voſtre
conſcience , ie coniure voſtre
ame d'auoir tant d'amour pour
la pieté , que les Gentils n'obtiennent point de vous le con-
tentement qu'ils eſperent , &

que voſtre main en ſouſcriuant
à leurs deſirs ne deuienne pas
ſacrilege. Demandez conſeil en
vne occaſion ſi importante à
l'Empereur Theodoſe qui vous
ayme comme ſon enfant , &
puiſque vous auez accouſtumé
de prendre ſes aduis en toutes
les grandes affaires, vous deuez
le conſulter en celle-cy. Car il
n'y a rien de plus grand que la
Religion, il n'y a rien de plus re-
leué que la Foy. S'il eſtoit que-
ſtion d'vne cauſe ciuile on per-
mettroit à la partie intereſſée
de ſe deffendre : puis qu'il s'agit
de la Religion , la priere que ie
fais eſt iuſte en la bouche d'vn.
Eueſque ; Ie vous ſupplie de.
commander que la harangue.
des Gentils me ſoit communiquée , afin que i'y reſponde.
plus amplement, & que Theodoſe ce ſage Prince eſtant informé de tout noſtre controuerſe.

C. v

foit terminée par vn arreſt equi-
table. Que s'il arriue que vous
prononciez en faueur de nos
aduerſaires , autant que nous
ſommes d'Eueſques , nous vous
diſons franchement que nous
ne le pouuons ſouffrir , que
nous ne le pouuons diſſimu-
ler. Si vous venez à l'Egliſe, ou
vous n'y treuuerez point de
Preſtres, ou vous n'y en treuuerez point qui ne vous em-
peſche d'y entrer. Que reſpon-
drez-vous au Preſtre lors qu'il
vous dira. L'Egliſe ne faict
point d'eſtat de vos preſens,
parce que vous auez orné de
vos preſens le Temple des infi-
delles , l'Autel de Ieſus-Chriſt
reiette vos offrandes , parce
que vous auez dreſſé des Autels
à des ſimulacres. Voſtre parole,
voſtre main , & voſtre eſcriture
ſont de malheureux témoins de
voſtre impieté que vous ne

pouuez defauoüer. Iefus-Chrift
ne veut plus receuoir voftre feruice, parce que vous auez feruy des Idoles, car vous fçauez
qu'il vous a dit. Vous ne pouuez obeyr à deux maiftres.
Vous ne donnez point de priuileges aux Vierges confacrées à
Dieu, & vous en donnez aux
Vierges confacrées à Vefta. A
quel propos auez vous recours
aux Preftres de Dieu, puis que
vous auez mefprifé leurs prieres, pour efcouter celles des
prophanes. Nous ne voulons
pas deuenir complices du peché que vous auez commis.
Comment vous excuferez vous,
lors que vous entendrez ces re-
proches. Vous direz peut-eftre
que voftre erreur eft vne erreur
de ieuneffe, mais tout aage eft
parfaict pour deffendre la gloire de Iefus-Chrift, & l'enfance
n'eft iamais plus agreable à

Dieu que quand elle se monstre
pleine des ardeurs d'vne veritable foy. Enfin les enfans ont
confessé d'vn courage inuinci-
ble le nom de Iesus-Christ à la
veuë de leurs persecuteurs.
Que respondrez vous encores
à vostre Frere d'auguste memoire. Ne vous dira-t-il pas, ie
n'ay point creu auoir esté vain-
cu, puis que ie vous laissois suc-
cesseur de mes Estats, ie n'ay
point eu regret de mourir, parce que vous deuiez estre mon
heritier, ie n'ay point eu de res-
sentiment de quitter cét Empire, parce que i'estimois que les
choses que j'auois establies, &
mesme celles qui touchoient le
seruice de Dieu, dureroient autant que les siecles. C'estoient là
les beaux monuments que la
pieté auoit esleuez à ma gloire.
C'estoient-là les riches des-
poüilles que i'auois remportées

sur le monde & sur les demons,
& que i'offrois à la Diuinité,
comme les fruits d'vne victoire
immortelle. Cependant quel
plus mauuais traictement de-
uois-ie attendre de mon ennemy que celuy que i'ay receu de
vous, vous auez cassé mes Or-
donnances, celuy qui par vne
reuolte criminelle a leué les armes contre moy, n'a point encores fait vne action si barbare.
Certes le coup que vostre main
me donne en reuoquant mes
loix, m'est bien plus sensible,
que celuy qui m'a donné la
mort. Vous me rauissez ce qui
m'estoit le plus precieux. Maxi-
me a seulement osté la vie à
mon corps, & vous l'ostez à ma
vertu. C'est maintenant que ie
perds mon Empire, mais le pis
est, que vous le faites perdre à
vostre sang, & au mien, & que
ie perds ce qui me rendoit le

plus eſtimable, & ce qui a con-
traint mes ennemis de me donner des loüanges. Si vous vous
eſtes porté à vne ſi honteuſe
reſolution de voſtre propre
volonté, vous auez condamné
ma foy, ſi vous auez cedé à la
violence, vous auez trahy la
voſtre. Ainſi ie trouue ma calamité d'autant plus grande qu'il
faut que ie plaigne voſtre malheur auec le mien. Mais que
reſpondrez vous à voſtre pere,
qui touché d'vne plus viue
douleur vous dira ; Mon fils,
vous auez eu fort mauuaiſe opinion de moy, ſi vous auez creu
que par vne diſſimulation ſacrilege i'aye ſouffert la ſuperſtition des Gentils, ie n'ay point
ſceu qu'ils euſſent vn Autel
dans le Palais de Rome, & ne
me fuſſe iamais douté d'vne telle impieté, que dans cette celebre compagnie de Chreſtiens

& de Gentils, les Gentils fiſſent
leurs ſacrifices à la veuë des
Chreſtiens ; c'eſt à dire que les
Idolatres triomphaſſent des fidelles , & que les fidelles fuſ-
ſent contraints d'aſſiſter à leurs
ceremonies prophanes. De tous
les crimes que les hommes ont
commis pendant que i'ay gouuerné l'Empire de Rome, tous
ceux qui m'ont eſté découuerts
ont eſté punis , il ſe peut faire
qu'il y en ait eu beaucoup, qui
ne m'ont pas eſté conneus, mais
ſeroit-il iuſte de me reprocher
d'auoir approuué les maux
qui ſont demeurez impunis,
parce qu'ils m'ont eſté cachez.
Vous auez certes mal iugé de
ma pieté, ſi vous vous eſtes per-
ſuadé que c'eſt vne ſuperſtition
eſtrangere , & non pas la puiſſance de Dieu , dont i'ay touſ-
iours reueré les Loix , qui m'a
conſerué cét Empire. Et par-

rant illuftre Monarque, puis
que vous voyez que c'eft faire
iniure à Dieu, à voftre pere, &
à voftre frere que d'accorder
aux Gentils ce qu'il vous demandent, ie vous coniure de
prendre vne fi fainéte refolution, quelle puiffe vous acquerir la grace de Dieu, & vous
procurer le falut eternel.

SECONDE LETTRE DE S. AMBROISE EVESQVE DE MILAN,

AV TRES-HEVREVX PRINCE ET TRES-CLEMENT Empereur Valentinian, Augufte.

Par laquelle il refpond à la Harangue de Symmache.

ORS que j'appris que Symmache, cét illuftre perfonnage auoit fupplié voftre Majefté de faire reftablir l'Autel que l'Empereur Gratian auoit fait ofter du Palais de Rome, & que voftre Majefté dés l'entrée de fa ieuneffe, & dans la fleur de fes

premieres années, monftrant
vne pieté digne de la vertu d'vn
homme parfait, n'approuuoit
pas la priere des Gentils, ie ne
perdis point de temps, & ie luy
reprefentay le plus diligem-
ment qu'il me fut poffible, ce
que i'eftimay neceffaire pour
combattre le deffein de nos aduerfaires, & toutesfois ie de-
manday que leur harangue me
fuft communiquée; maintenant
que ie fçay fur quels pretextes
ils fondent leurs efperances,
quoy que ie fois affeuré de voftre conftance en la foy de Iefus-Chrift, il faut pourtant pour
fatisfaire à mon deuoir que ie
mette deuant vos yeux vne plus
ample deffenfe de noftre faincte
Religion, que voftre efprit enflammé de l'amour de Dieu fe
donnera fans doute la peine
d'examiner; mais auparauant ie
coniure voftre Majefté de me

faire cette grâce, que le iugement de nôftre controuerfe dé-
pende pluftoft de la folidité des
chofes que de la pompe des paroles, car felon le tefmoignage
l'Efcriture fainte, la langue
des fages du monde à l'efclat de
l'or ; elle forme par les charmes
d'vne eloquence fardée des difcours brillans, & trompeurs, &
foubs l'apparence de quelques
fauffes beautez elle furprend
nos efprits, & nous empefche
de reconnoiftre la verité. Mais,
quand l'or qui paroift fi precieux à la veuë a efté bien ma-
nié, on reconnoift que ce n'eft
que du metal de mefme nature
que la terre dont il eft tiré. On
en peut dire autant de la fuperftition des Gentils. Si vous la
confiderez attentiuement, fi
vous prenez bien garde aux fen-
timens qu'ils ont de la Diuinité,
vous trouuez que les difcours

qu'ils en font font beaux & excellens, & qu'apres tout ils ne
croyent que des fables qui ont
mal-heureufement corrompu
les Veritez eternelles, qu'ils
parlent hautement de Dieu, &
toutesfois qu'ils n'adorent que
des fimulacres. Il y a donc trois
chofes que Symmache vous a
reprefentées, & qu'il a creu les
plus puiffantes pour vous per-
fuader. Il dit que Rome demande qu'on luy rende fes vieilles
ceremonies, & qu'on laiffe aux
Preftres de fes Dieux, & aux
Vierges Veftales, les reuenus
que le public leur a autresfois
accordez. Il adioufte que le retranchement qui en a efté fait a
efté fuiuy d'vne famine vniuer-
felle. Il fait que Rome pour
vous obliger de reftablir l'an-
cien culte de fes vaines diuinitez, vous prononce ces paroles
pleines de compaffion. Cette

Religion a chaſſé Annibal de
mes murailles, & les Gaulois de
mon Capitole. Ainſi en voulant
eſleuer la puiſſance de ſa ſuperſtition, il en deſcouure la foibleſſe. Quoy, Annibal a-t-il
triomphé ſi long-temps de la
pieté des Romains, & malgré
les Dieux de Rome qui combat-
toient contre luy, a-t-il pû à la
faueur de ſes victoires s'auancer
iuſques aux portes de cette ville immortelle ? D'où vient que
les Romains ſe ſont laiſſez aſſie-
ger, puis que leurs Dieux s'e-
ſtoient armez pour les ſecourir?
Parleray-ie des Gaulois qui
eſtans ſur le poinct de ſe rendre
maiſtres du Capitole, euſſent ai-
ſément deffait les reſtes de la
puiſſance Romaine, ſi le bruit
que fit vne oye dans l'eſpou-
uante de la nuict n'euſt empeſ-
ché leur ſurpriſe. Voila quels
ſont les Dieux pour qui l'en-

cens fume fur les Autels de Rome, & qui prennent foing de fon falut. Où eftoit lors Iupiter? n'eftoit-il pas dans le corps de cette oye?&n'emprunta-t-il pas fa voix pour fauuer la fortune de ce peuple fi fuperftitieux? Mais ie veux bien que l'on croye que les Dieux ont pris les armes pour les Romains, toutesfois Annibal adoroit les mefmes Dieux, â quel party fe rangeront-ils? s'ils ont efté victorieux auec les Romains, ils ont efté vaincus auec les Cartaginois; s'ils ont fait triompher les Carthaginois, leur affiftance n'a point efté fauorable aux Romains. Donc que ces plaintes odieufes que l'on met en la bouche du peuple Romain ceffent deformais, fans doute Rome les defauouë, & en fait d'autres bien plus raifonnables. Pourquoy faut-il, dit elle, que ie nage dans le fang innocent de tant d'animaux que vous efgorgez tous les iours ? ce ne font pas les entrailles des victimes, mais les bras des vaillans hommes qui donnent les victoires : Si i'ay mis tout le monde foubs ma puiffance, ne vous imaginez pas que i'en fois redeuable à des facrifices : i'auois pour general d'armée Camille, qui par vne illuftre deffaite ofta la vie à ceux qui venoient de triompher prefque du Capitole, & qui gagna fur eux les eftendars qu'ils auoient arborez fur les murs de cette illuftre demeure des Dieux ; La vertu furmonta cette nation, que la Religion n'auoit peu obliger de quitter fon entreprife. Que diray-ie d'Attilius qui chercha dans les auantures de la guerre vne fin glorieufe, & voulut mefme que fa mort fuft vtile à

son païs. Scipion l'Afriquain
n'acquist pas tant de gloire de-
vant les Autels du Capitole,
mais au milieu des bataillons
d'Annibal. Pourquoy me pro-
posez vous l'exemple des anciens? qu'ay-ie à faire de la Religion des Nerons? parleray-ie
de ces Empereurs qui n'ont re-
gné que deux mois, & qui ont
rencontré la fin de leur puissance dans le commencement de
leur Empire? Mais est-ce chose
inoüye que les Barbares soient
entrez dans mes Prouinces?
Quoy ces deux mal-heureux
Princes qui par vne calamité
nouuelle & indigne de leur
rang se sont veus exposez à vne
telle misere, que l'vn a esté ca-
ptif de ses ennemis, & que soubs
l'autre tout le monde a souffert
vne infame seruitude, dira-t-on
qu'ils fussent Chrestiens? leurs
sacrifices qui leur promettoient
la

la victoire, ont-ils pas trompé
leurs esperances ? hé quoy l'Autel de cette Deesse si venerable
ne receuoit-il pas encores alors
les vœux de ses adorateurs ? Ie
me repens d'auoir erré si long-
temps, & ma vieillesse chenüe
dans la douleur qu'elle en res-
sent, se peint de la couleur du
sang que i'ay si mal-heureuse-
ment respandu. Mais ie ne rou-
gis point toute vieille que ie
suis de me conuertir auec tout
le monde, il n'est iamais trop
tard d'apprendre la verité. Si la
vieillesse doit auoir honte, c'est
lors qu'elle ne peut corriger ses
fautes, ce n'est pas la blan-
cheur qui vient auec les années, mais la pureté des mœurs
que l'on doit honorer de loüanges, & on ne peut estre blasmé
de quitter le mal pour suiure le
bien. Si i'auois autresfois quelque chose de commun auec les

D

barbares , c'eſt que comme ils
ne connoiſſoient point Dieu,
ie ne le connoiſſois point auſſi.
Choſe eſtrange ! toute voſtre
pieté conſiſte à faire reiallir ſur
vous le ſang des animaux.
Quoy attendez - vous que la
voix de Dieu ſorte des entrailles des beſtes mourantes ? Venez , venez , & aprenez que
Dieu prepare d'illuſtres cou-
ronnes dans le Ciel à ceux qui
auront ſainctement combattu
ſur la terre, c'eſt pour les meri-
ter que nous paſſons icy bas noſtre vie parmy des trauaux con-
tinuels , mais Dieu ſeul qui a
baſty le Ciel, nous peut reueler
ce precieux myſtere de la gloire
du Ciel , il ne faut pas eſperer
que l'homme nous le deſcouure , luy qui par vn aueugle-
ment déplorable a ignoré meſme ſa dignité. En effect qui me
peut mieux inſtruire des veritez

de Dieu que Dieu mesme : comment pourrois-ie vous en croire , puis que vous auoüez que vous ne connoissez pas ce que vous adorez. C'est vn secret, dites vous , où on ne peut arriuer par vne seule route , mais la voix de Dieu nous enseigne ce secret que vous ne connoissez pas , & nous auons apris de la Sagesse & de la Verité de nostre Maistre , ce que vous cherchez vainement par vos raisonnemens , & par vos doutes. Ainsi vos erreurs n'ont nulle conformité auec nostre doctrine. Mais voyez combien nous sommes differens , vous priez les Empereurs du monde de donner la paix à vos Dieux , & nous prions Iesus-Christ de la donner à nos Princes. Vous adorez les ouurages de vos mains , & nous croyons que c'est vn sacrilege d'honorer comme Dieu ce

D ij

qui peut eſtre faiſt par les hommes; Dieu ne veut pas que des
pierres reçoiuent le culte qui
luy apartient. Peut-eſtre que
vous ne pouuez vous perſuader que Ieſus-Chriſt ſoit Dieu,
parce que vous ne pouuez croire que Ieſus-Chriſt eſtant Dieu
il ait peu mourir, ne conſide-
rant pas que c’eſt l’humanité de
Ieſus-Chriſt qui a ſouffert la
mort, & non pas ſa diuinité,
mort precieuſe qui aſſeure les
fideles qu’ils ne mourront
point eternellement. Mais ſi
vous auez ce ſentiment de Dieu
n’eſtes vous pas bien peu rai-
ſonnables ? Vous faiſtes iniure
à voſtre diuinité lors que vous
l’adorez, & voſtre penſée ne ſe
porte à honorer le Dieu du
Ciel & de la terre que pour luy
rauir ſa gloire. Vous vous imaginez que cette piece de bois
eſt voſtre Dieu, ô adoration in-

iurieuſe , vous ne croyèz pas
que Ieſus-Chriſt ait peu mourir, ô obſtination pleine de re-
uerence: Mais il faut adiouſtez-
vous , rendre aux ſimulacres
leurs anciens Autels , & aux
Temples leurs ornemens. Demandez ces choſes à vn Empereur ſuperſtitieux comme vous,
& non pas à vn Empereur
Chreſtien , qui ſçait bien qu'il
ne doit honorer que l'Autel de
Ieſus - Chriſt Quoy voulez-
vous que la main & la bouche
des fideles prophanant leur
ſainéteté , deuiennent miniſtres
de vos ſaerileges. Non non , la
voix de noſtre Prince ne forme
des paroles que pour loüer
Dieu , & pour loüer ce ſeul
Dieu dont il connoiſt la puiſſance, parce que le cœur du Roy
eſt en la main de Dieu. Y a-t-il
quelque Empereur payen qui
ait eſleué vn Autel à Ieſus-

Chriſt ? En effect les choſes paſ-
ſées nous enſeignent combien
nous deuons eſtre ialoux de la
gloire de noſtre maiſtre, & les
Gentils n'ayant rien eſpargné
pour rendre leur ſuperſtition
venerable, leur exemple nous
aprend auec quel zele, & quel
reſpect les Empereurs Chreſtiens doiuent aymer la Religion qu'ils ont embraſſée.
Nous auons ſouffert les premiers, il eſt raiſonable que les
Gentils ſouffrent à leur tour;
c'eſt ſans doute vne gloire tres-
illuſtre à l'Egliſe de Dieu de ſe
voir deliurée apres tant dé-
preuues de ſa vertu, des per-
ſecutions qui faiſoient autresfois des fleuues de noſtre ſang.
Mais la condition preſente de
nos aduerſaires eſt bien meilleure que n'eſtoit la noſtre en
ces temps déplorables, puis
que la perte de quelques bien-

faicts est tout le subiect de leurs
plaintes. Cependant par nostre
patience nous auons trouué des
palmes au milieu de nos maux,
& nos souffrances ont esté les
heureuses causes de nos victoires : Au contraire les Gentils ne
peuuent se taire, ils murmurent
contre les loix , & prennent
leurs petits desplaisirs pour des
outrages insupportables. Certes on ne pouuoit rien faire de
plus auantageux pour nous que
de nous deschirer auec des
foüets, de nous bannir, & en fin
de nous oster la vie : nostre pieté par vn glorieux eschange a
fait sa recompense des mesmes
choses dont la hayne des mes-
chans pensoit composer nos
supplices. Mais voyez combien
les Idolatres ont de generosité.
Nostre Religion a fait vn pro-
grez admirable au milieu des
iniures, des tourmens, & de la

pauureté , & quand à eux ils
croyent que la subsistance de
leurs ceremonies depend de la
conseruation des biens que
l'antiquité superstitieuse à donnez aux ministres de leurs
Dieux ; Il faut, dit-on, que les
Vierges Vestales iouïssent de
leurs exemptions. Ce discours
conuient certes fort bien à ceux
qui pésent qu'on ne peut garder
sa Virginité sans y estre obligé
par quelque interest. Que ceux-
là vsent de l'amorce des priuileges, qui se deffient de l'inclination des esprits à l'amour de la
vertu. Mais les charmes de ces
nobles auantages ont-ils faict
consacrer beaucoup de Vierges? A peine en a-t-on assemblé
sept, qui ont voüé leur chasteté
iusques à vn certain temps seulement pour auoir l'honneur
de porter les mitres , & les
bandeaux sacrez; d'estre vestuës

de poupre , de paroiftre pom-
peufement en public dans de
belles li&ieres enuironnées
d'vn train magnifique , de pof-
feder d'exceffiues richeffes; &
de ioüir d'illuftres prerogati-
ues. Ouurez de grace les yeux
du corps , & de l'efprit , & re-
gardez parmy nous de grandes
compagnies où prefide la pudeur , où la pureté tient fon
Empire , & où regne la chafte-
té, Vous ne verrez pas que nos
fainctes filles ayent la tefte pa-
rée d'ornemens fuperbes, elles
n'ont que de pauures voiles qui
toutesfois deuiennent precieux
par le feruice qu'ils rendent à la
Virginité. Vous ne verrez point
parmy elles des beautez cu-
rieufes de conferuer leurs at-
traits , elles ont renoncé à ces
foins que donne la vanité pour
ne penfer qu'à Iefus-Chrift;
vous ne verrez point que la
D v

pourpre esclatte sur leurs habits, qu'elles se nourrissent dans les delices, elles ont eschangé le luxe du monde auec les mortifications & les ieusnes; Vous ne verrez chez elles ny priuileges, ny richesses, au contraire vous croirez qu'vne vie si feuere n'est capable que d'oster le dessein de la chosir, & toutesfois ce sont ces peines qui font naistre la volonté de l'embrasser; La chasteté trouue sa perfection dans l'vsage des austeritez. Et certes ce n'est pas la vraye virginité qui se vend au prix des honneurs, celle qui merite ce tiltre n'a pour obiect que l'amour de la vertu. Ce n'est pas la vraye chasteté qui se met à l'enchere, & qui s'engage pour vn temps par l'interest de quelque vtilité. Le premier ennemy qu'elle doit mener en triomphe, c'est le desir de pos-

seder des biens, parce que cette paſſion eſt vne peſte qui
eſtouffe la pudeur. Mais accor-
dons qu'il ſoit iuſte que les
Vierges reçoiuent des gratifications, y aura-t-il aſſez de
biens au monde pour donner
aux Vierges Chreſtiennes ? y a-
t-il quelque treſor qui puiſſe
ſuffire à tant de liberalitez ?
Que ſi nos aduerſaires penſent
qu'il n'y a que leurs Veſtales à
qui il apartient d'eſtre riches,
certes ils doiuent auoir honte
de leur iniuſtice, & il faut que
les Gentils qui ſoubs les Princes Idolatres ſe ſont attribuez
toutes choſes, ſoient extremement deſraiſonnables, s'ils ne
croyent pas que ſoubs des Empereurs Chreſtiens nous deuons au moins ioüir de meſmes
auantages qu'eux. Ils trouuent
mauuais que les Preſtres, & les
miniſtres de leurs Dieux ne

ſoient plus nourris aux deſpens
du public. Quel bruit ne font-
ils point auec cette plainte ?
nous ſouffrons vn traitement
bien plus rude, car par les der-
nieres loix les miniſtres de l'E-
gliſe ne peuuent meſme profi-
ter des liberalitez des particuliers. Et cependant perſonne
d'entre nous n'en murmure.
Nous ne croyons pas que cette
rigueur nous ſoit iniurieuſe,
parce que nous n'auons point
de regret de perdre. Quand
quelqu'vn entre dans le Clergé
pour en auoir les priuileges, &
pour s'exempter des charges de
ſon païs, il faut qu'il abandon-
ne tous ſes biens, & qu'il re-
nonce à ce qu'il poſſede par
l'ordre du ſang, & comme legi-
time heritier de ſes peres. Si les
Gentils auoient ſubiect de former cette plainte, combien la
feroient-ils valoir qu'vn Preſtre

pour obtenir l'honneur de son
ministere, se despoüille de son
patrimoine, & qu'vn homme
priué quitte tout ce qu'il a de
fortune pour acquerir la gloire
de seruir vtilement le public.
Mais le Prestre qui veille pour
le salut de tout le monde, se
contente de sa pauureté dome-
stique comme d'vne agreable
recompense, parce que son dessein n'est pas de vendre son seruice, mais de se rendre digne de
la grace de Dieu. Comparez
maintenant vostre cause auec la
nostre. Vous deffendez l'interest de vos sacrificateurs, & il
n'est pas permis à l'Eglise de
deffendre l'innocence de ses
Prestres. Chose estrange! on
peut laisser ses biens par testa-
ment aux ministres des temples,
il n'y a point de prophane, il
n'y a point d'homme de la lie
du peuple, il n'y a point de des-

bauché, il n'y a point de malheureux qui n'ayt plus d'honneur à perdre, que la loy rende incapable de receuoir ce qu'on luy dóne; Les Preſtres ſeuls d'entre tous les hommes ſont priuez des graces qui ſont communes à tous, & toutesfois ce ſont eux ſeulement qui font des vœux pour le ſalut de tous, & qui repreſentent à Dieu les neceſſitez de tous les hommes. Il n'y a point de preſens, il n'y a point de dons que des veſues pieuſes puiſſent faire aux ſeruiteurs de Dïeu, & à cauſe que nos mœurs ſont innocentes, c'eſt à la profeſſion & au miniſtere qu'on impoſe ces rigoureuſes peines. Le legs qu'vne veſue Chreſtienne aura fait aux miniſtres d'vn Temple ſera valable, & ce qu'elle aura legué aux Preſtres de Ieſus-Chriſt ne leur apartiendra pas. Ie ne remarque

pas tout cela pour me plaindre,
mais afin que l'on sçache qu'il y
a bien des chofes qui nous blef-
fent, & qui pourtant ne tirent
point de plaintes de noftre
bouche. Et certes i'ayme mieux
que nous foyons pauures des
biens de la terre, que des graces du Ciel. On nous obiecte
que les nouuelles loix ne touchent point à ce que l'on donne
à l'Eglife. Mais que ceux qui
nous font cette obiection nous
difent quelles perfonnes ont
emporté les richeffes de leurs
Temples, comme les Idolatres
ont autresfois rauy à nos Egli-
fes les bien-faicts des fideles.
Et certes fi on defpoüilloit les
Temples des faux Dieux de
tant de trefors qui y font enfer-
mez, ce ne feroit que rendre
aux Gentils la recompenfe de
leurs outrages. Quoy ceux qui
nous ont traittez auec tant de

violence , ne nous parlent
maintenant que de iuſtice, &
ne font ſonner rien ſi haut que
l'equité? Qu'eſtoient deuenus
ces beaux ſentimens, lors qu'ils
voloient inſolemment les biens
de tous les Chreſtiens , qu'ils
enuyoient aux fideles l'air
qu'ils leur voyoient reſpirer , &
que par vne extreme inhuma-
nité ils deſnyoient aux morts le
repos de la ſepulture, que les
peuples les plus farouches ne
leur ont iamais refuſée. C'eſt
vne merueille que les mers
moins cruelles que les hommes , ont reſpecté les corps des
ſeruiteurs de Dieu, que les Idolatres auoient precipitez dans
leurs abiſmes , & les ont ren-
uoyez à bord afin que la terre
les receuſt dans ſon ſein, mais
c'eſt vne autre merueille bien
glorieuſe , & bien digne du
triomphe de la foy, que les

Gentils mesmes condamnent
maintenant cette estrange fureur de leurs ancestres. Que s'ils
condamnent leurs actions, comment peuuent-ils demander
leurs biens? Ce n'est pas qu'on
ait despoüillé la superstition de
toutes ses richesses. Car iusques
à present les Temples joüissent
de tous leurs tresors, & il est libre de faire des presens aux Autels des Idolatres, & des legs à
leurs augures. On ne leur a osté,
que les heritages qui ayant esté
donnez en faueur de la Religion, seruoient par leur impieté
à des vsages contraires à la Religion. Certes nos aduersaires
qui pour posseder toute sorte
de biens veulent prendre exemple sur nous, deuroient aussi
vser de leurs biens comme
nous. La foy est le seul domaine
de l'Eglise, ce sont là les richesses qu'elle distribuë, ou si elle

poſſede quelque choſe ce n'eſt que pour ſecourir la neceſſité des pauures. Que ces Meſſieurs nous apprenent quand les reuenus des Temples ont'eſté employez pour exercer la charité, pour rachepter les captifs, pour aſſiſter les miſerables, & pour ſoulager l'infortune de ceux qui ſont bannis de leur païs. Que l'on ne nous diſe donc pas que les Temples ſont priuez de leurs biens, ils ont ſeulement perdu quelques terres qu'il n'eſtoit pas raiſonnable de leur laiſſer. C'eſt en cela que conſiſte cette grande iniuſtice que le Ciel irrité contre nous, ainſi qu'ils ſuppoſent, à vengé par vne famine publique, comme ſi on auoit commis vn grand mal de conuertir â l'vſage de tous les hommes, ce qui ne ſeruoit qu'à l'vtilité des Preſtres. C'eſt pour cela , comme ils veulent

perſuader, que les peuples af-
famez, & preſts d'expirer de
miſere ſe faiſoient nagueres vn
pitoyable aliment de l'humeur
des arbres deſpoüillez de leurs
eſcorces. C'eſt pour cela qu'ils
eſtoient reduits à ſe repaiſtre de
gland, à reprendre la mal-heureuſe nourriture des animaux,
à ſecoüer les cheſnes, & à ra-
maſſer dans les boys dequoy
appaiſer l'extreme faim qui les
deuoroit. Ce ſont là ces prodi-
ges que la terre n'auoit point
encores veus, & qui eſtoient
inconneus lors que tout le monde eſtoit Idolatre. Quoy n'e-
ſtoit-il point encores arriué que
les eſpics trompeurs ne ren-
dans point de moiſſons euſſent fruſtré les ſouhaits des la-
boureurs auares, & que les
pauures euſſent cherché vainement des herbes dans les ſil-
lons pour en faire leur repas?

d'où vient donc que les Grecs
ont confacté leur chefne, &
font allez confulter leurs oracles dans le tronc de cét arbre,
fi ce n'eft qu'ils ont creu que la
nourriture que leur donnoit
cette plante fauuage eftoit vn
remede que le Ciel enuoyoit à
leurs maux ; ils s'imaginoient
qu'vne fi miferable viande
eftoit vn fauorable prefent de
leurs Dieux. Qui a adoré les arbres de Dodone finon les Gentils, lors qu'ils honoroient comme vn bois facré, des branches
qui fous leur ombrage por-
toient vn fi mauuais fruict ?
Quelle apparence donc que la
colere des Dieux ait enuoyé aux
hommes comme vne peine, ce
que la bonté des Dieux flefchie
par le fang des victimes auoit
accouftumé de leur donner
comme vne grace. Mais auec
quelle juftice euffent-ils ofté à

tout le monde les alimens que l'on auoit oſté ſeulement à vn petit nombre de Preſtres? La vengeance, & la faute euſſent eſté trop inégales, le chaſtiment euſt eſté trop cruel pour vne offenſe ſi legere. Ainſi il n'eſt point croyable que ce ſoit là le ſuiet d'vne ſi grande calamité, & que pour ſi peu de choſe nous ayons veu mourir en vn moment l'eſperance de nos moiſſons, & les fruits precieux dont la terre eſtoit toute preſte de recompenſer nos labeurs. Et certes il y a deſia pluſieurs années que les Temples ont perdu dans toute l'eſtenduë de cét Empire, les reuenus dont le retranchement cauſe maintenant tant de plaintes. Hé quoy les Dieux des Gentils ſont-ils demeurez ſi long-temps ſans venger leurs iniures? peut-eſtre que le Nil qui n'a point eu de reſſen-

timent des outrages faits aux
Preſtres de l'Egipte, ne s'eſt
point debordé, & a retenu ſes
eaux contre ſa couſtume, pour
ſe reſſentir des outrages faicts
aux Preſtres de Rome. Mais ie
veux que les Gentils ſe perſua-
dent que la ſterilité de l'année
derniere ſoit vn effect de la
vengeance des Dieux : D'où
vient qu'ils ne ſe ſont point encores vengez cette année? Car à
preſent le peuple ne ſe nourrit
plus de racines , les fruits des
plantes ſauuages ne ſont plus
ſes delices , il n'arrache plus
parmy les eſpines de miſerables
alimens ; Au contraire il regarde auec vne ioye infinie le prix
agreable de ſes trauaux, & pendant qu'il admire ſa richeſſe,
qu'il eſt rauy de voir qu'elle
ſurpaſſe ſes ſouhaits, & qu'elle
recompenſe heureuſement ſa
diſette paſſée , la terre ouurant

liberalement ſes treſors , nous
a rendu ſes biens auec vſure.
Mais y a-t-il quelqu'vn qui ait
ſi peu de connoiſſance du monde , qu'il s'eſtonne de l'inega-
lité des années , & toutesfois
nous ſçauons qne cette ſterilité
n'a point eſté ſi generale, que
pluſieurs Prouinces n'ayent
ioüy d'vne merueilleuſe abondance. Parleray-ie des Gaules
qui ont eſté plus fertiles qu'elles ne le ſont d'ordinaire ; la
Hongrie a vendu des bleds
qu'elle n'auoit point ſemez,
les Griſons ont éprouué que la
fecondité fait des ennemis, &
ce peuple qui auoit accouſtumé de viure en paix auec peu
de biens, a attiré la guerre dans
ſon païs lors qu'il a regorgé de
richeſſes. L'Automne a comblé
de ſes faueurs, Gennes,& Veni-
ſe. Donc ce n'eſt pas vn ſacrilege qui a cauſé la ſechereſſe de

cette année sterile, & les fruicts
que la pieté des Chrestiens a
obtenus du Ciel ont rendu celle-cy florissante. Nyera-t-on
que les vignes n'ayent esté extremement chargées de raisins?
ainsi la terre nous a esté prodi-
gue de ses bleds, & les vendan-
ges ont remply nos celiers de
vins delicieux. Il faut maintenant passer au dernier & prin-
cipal point ou nos aduersaires
font leur plus grand effort: Ils
vous demandent la restitution
des reuenus qu'on leur à ostez,
& pour gaigner vostre faueur
ils disent que leur affection
vous a esté vtile , que leurs
Dieux vous ont assistez à leur
priere, & qu'ils doiuent conti-
nuer de les seruir, afin que vous
soyez tousiours asseurez soubs
vne si puissante protection. Ce
qui nous offense , & ce que
nous ne pouuons souffrir, c'est
qu'ils

qu'ils fe vantent d'auoir prié
leurs Dieux pour des Princes
Chreſtiens; c'eſt vn eſtrange ſacrilege qui a eſté commis ſoubs
voſtre nom, ſans que vous y
ayez contribué, ſi ce n'eſt par
vne mal-heureuſe diſſimulation
que ces gens là prennent pour
vn conſentement exprez. Qu'ils
gardent pour eux les fauorables aſſiſtances de leurs diuinitez; & qu'elles deffendent ſi
elles peuuent ceux qui les reue-
rent : et certes ſi nous voyons
qu'elles n'ont pas la puiſſance
de ſecourir leurs adorateurs,
comment protegeroient-elles
nos Princes qui ne leur rendent
aucun honneur ? mais diſent-
ils, la Religion de nos anceſtres
nous doit eſtre venerable, &
nous la deuons fidellement
conſeruer. Hé quoy ne ſçauent-
ils pas que le temps a donné la
perfection à toutes choſes. Le
E

monde mefme qui au commencement ou n'auoit point d'autre corps que celuy qui fe for-
moit en l'air par la rencontre &
le meſlange de la femence des
elemens , ou n'eſtoit qu'vne
maſſe confuſe , vn ouurage in-
forme tout enuironé de tenebres , & d'horreur, n'a-t-il pas
depuis reçeu ſa beauté de la
main de Dieu, lors qu'il a fepa-
ré le Ciel, la terre, & la mer, &
qu'il a donné à chaque partie de
l'Vniuers les ornemens qui le
rendent ſi agreable ? la terre a-
lors fortant de la nuiêt profon-
de du cahos vid auec eſtonne-
ment les premiers rayons du foleil. Mais ne voyons nous pas
que le iour n'a prefque point de
clarté quand il commence à pa-
roiſtre, que peu à peu il deuient
plus efclatant , & qu'en fin fe
monſtrant auec toutes fes flammes il refpand fes plus ardentes

chaleurs ? La Lune mefme qui dans les Prophetes eft la figure de l'Eglife , reprenant tous les mois fon cours ordinaire , eft premierement couuerte d'obfcurité , elle forme apres fon croiffant, & s'augmentant à mefure qu'elle s'efloigne du foleil, elle entre en fon plein , & découure vne fplendeur qui remplit tout de lumiere. Il a efté vn temps que la terre eftoit inutile & ne produifoit point de fruits, mais quand l'homme l'eut foumife au labourage, & eut ouuert fon fein pour y planter la vigne, elle amolit fa rudeffe , & la culture changea ce qu'elle auoit de fauuage en vne aymable fecódité. La premiere faifon de l'année eft toute nuë comme nous fommes lors que nous venons au monde, le Printemps qui luy fuccede donne des fleurs qui fe paffent bien-toft,

& tapiſſe la campagne d'vne agreableverdure; L'Eſté & l'Automne par la richeſſe de leurs fruits acheuent l'ouurage de la nature. Nous meſmes ne naiſſons pas hommes parfaits, en nos premiers ans nous auons les ſentimens de l'enfance, quand nous ſommes plus auancez en aage, nous ouurons noſtre eſprit aux lumieres de la raiſon, nous le dépoüillons de ſa foibleſſe, & le fortifions par le ſolide aliment des belles connoiſſances. Qu'on nous diſe apres cela que tout a deu demeurer en ſon premier eſtat, n'eſt-ce pas vouloir perſuader que le monde n'eſt point agreable, parce que le Soleil a percé ſes tenebres, & luy a découuert le iour? Hé combien eſt-il plus auantageux d'auoir diſſipé les tenebres de l'ame que celles du corps? Combien eſt-il plus

salutaire d'auoir receu la clarté
de la foy, que celle du soleil?
Ainſi comme le monde, & toutes choſes auec luy ont changé
la condition imparfaite de leur
origine, de meſme la Religion
arriuant à ſa vieilleſſe a eſté eſ-
clairée du flambeau de la grace, & reueſtuë de l'habit venerable d'vne veritable foy.
Que ceux qui n'aprouuent pas
ce diſcours blaſment la moiſ-
ſon parce qu'elle eſt tardiue;
blaſment la vendange parce
qu'elle ne ſe recueille qu'à la fin
de l'année ; & blaſment enfin
l'oliue parce qu'elle eſt le dernier de tous les fruicts. La foy
de Ieſus-Chriſt eſt noſtre moiſ-
ſon, le treſor des graces de l'E-
gliſe eſt noſtre vendange, la verité eſtoit floriſſante dans l'ame
des Saincts dés la naiſſance du
monde, aux derniers temps elle
a eſté reuelée à tous les hom-

mes, Dieu a voulu que la doctrine de son Fils rencontrast des esprits non pas rudes & grossiers,
mais subtils & brillans, il falloit qu'elle fust victorieuse de
l'erreur, & que les fables cedas-
sent à ses sacrez Oracles, mais il
falloit aussi qu'elle trouuast des
aduersaires, afin que sa couronne en fust plus éclatante, & sa
conqueste plus illustre. Que si
toutesfois Rome auoit tant d'a-
mour pour ses vieilles ceremonies, d'où vient qu'elle s'est
chargée de ceremonies estran-
geres ? Ie ne parle point du luxe
qui s'est glissé dans ses Palais,
des marbres qui ont caché
soubs la terre son ancienne pauureté, & des cabannes de ber-
gers qui ont esté changées en
des edifices superbes, où l'or
ennemy de son ancienne vertu
esclatte de toutes parts. Ie veux
parler des choses qui font le

subiet des plaintes des Gentils.
Quoy les Romains n'ont-ils pas
receu toute sorte de supersti-
tions ? n'ont-ils pas adoré les simulacres des villes qu'ils ont
mises soubs leur puissance ?
n'ont-ils pas rendu les honneurs diuins aux Dieux qu'ils
ont vaincus ? & enfin n'ont-ils
pas seruy les diuinitez de tous
les peuples ? d'où leur sont venus les mysteres sanglans de la
deesse Cybele ? et pourquoy
tous les ans par vne vaine solemnité, la lauent-ils dans les
eaux d'vn petit ruisseau ? d'où
sont venus les Prestres de Phri-
gie, & les Dieux de Cartage
qui n'ont pas touiours esté ialoux de la grandeur Romaine ?
Cette deesse appellée par les
Africains Celeste, Mitra par les
Perses, & Venus par la pluspart
des autres, qui a esté adorée
soubs diuers noms, quoy que ce

ne foit qu'vne mefme Diuinité.
Ainfi ils ont reueré la Victoire,
qui toutesfois eft vn prefent de
Dieu, & non pas vne puiffance
du Ciel, qui fe donne à la vertu des armées, & ne regne pas
fur la confcience des hommes.
Quelle Deeffe qui depend du
nombre des foldats, ou de la
fortune de la guerre! Ils de-
mâdent que fon Autel foit rele-
ué dans le palais de Rome, c'eft
à dire en vn lieu où fe trouue
quantité de Chreftiens. Quoy
des autels dans tous les temples,
vn autel mefme dans le temple
de Victoire, c'eft fe plaire mer-
ueilleufement à la multitude
des autels, & vouloir que l'on
voye par tout les flammes de
leurs facrifices. Mais n'eft-ce
pas brauer infolemment noftre
foy que de pretendre le reftab-
liffement de cét Autel? Eft-ce
chofe fupportable qu'vn Gentil

sacrifie, & qu'vn Chreſtien aſ-
ſiſte à ſa prophanation ? Qu'ils
reçoiuent, qu'ils reçoiuent tous
malgré eux, diſent ils, la fu-
mée par les yeux, le ſon de la
muſique par les oreilles, la cendre par la bouche, l'odeur de
l'encens par le nez, & que les
bluettes de nos feux s'eſleuans
par noſtre ſoufle, leur couurent
le viſage, quoy qu'ils le de-
ſtournent par vn ſentiment d'a-
uerſion & d'horreur. Ainſi les
Gentils ne ſe contentent pas
que les bains, les portiques, &
les places publiques ſoient
pleines de leurs ſimulacres.
Quoy dans cette auguſte aſſem-
blée de Chreſtiens, & de Gentils, la liberté ne ſera-t-elle pas
commune aux fideles, & aux
idolatres ? faudra-t-il que la
meilleure partie du Senat ſoit
eſtourdie du bruit que feront
ceux qui inuoqueront l'idole,

& qui presteront le serment sur
son Autel ? Si les Chrestiens re-
fusent de iurer ils sembleront
condamner cette ceremonie
comme vn pariure public , &
s'ils iurent ils se rendront cou-
pables d'vn sacrilege. Où donc
iurerons-nous , disent nos aduersaires, l'obseruation de vos
loix, & l'obeïssance à vos com-
mandemens ? Quoy pensent-ils
que vostre esprit diuin qui ani-
me les loix ait besoin de cette
superstition pour obliger le Senat à rendre la iustice, & que
ce soit vne solemnité prophane
qui inspire l'equité, qui affer-
mit la foy publique , & qui
maintient tous les hommes
dans les bornes de leur deuoir?
Mais certes, grand Monarque,
ils s'attaquent à vostre pieté,
car puis qu'ils veulent que vous
commandiez l'idolatrie , ils
veulent que vous nous forciez

de la commettre, & que vous
fassiez vne action qui n'apartient qu'à vn Prince idolatre.
Cependant l'Empereur Con-
stance d'auguste memoire, n'a-
yant pas encores obtenu le ca-
ractere de Chrestien, & n'estant
pas encores assez auancé en
la doctrine de la foy pour assister à nos sacrez mysteres, creût
neantmoins qu'il soüilleroit
son ame d'vn grand peché, s'il
permettoit à ses yeux de regarder cét Autel. Il ordonna qu'il
seroit osté, & depuis il n'a point
ordonné qu'il seroit remis, la
destruction de l'Autel est ap-
puyee de l'authorité de ce Monarque, le restablissement du
mesme autel n'est point appuyé
de sa volonté. Que personne ne
se trompe, & ne pense que la
Diuinité qui ne se voit pas, a
moins de force pour retenir les
hommes qu'vne diuinité pre-

E vj

sente, Dieu qui par vne vertu
cachée se glisse secrettement
dans les ames, est sans doute
present d'vne façon plus parfai-
te, qu'vne Idole qui n'est presente qu'aux yeux, par ce que l'v-
nion de l'esprit est plus noble,
que l'vnion du corps. C'est vous
grands Empereurs qui presidez
par vostre authorité aux delibe-
rations du Senat, c'est pour vostre seruice qu'il s'assemble, c'est
à vous qu'il donne sa foy, & non
pas aux Dieux des Gentils, il
vous prefere à tout ce qu'il a
de plus precieux, il vous prefere
à ses enfans, mais il prefere la
conscience à toutes choses. Et
certes c'est le zele de la religion
qui doit enflammer les cœurs,
c'est le zele de la religion qui
vous releue au dessus de vostre
Empire, c'est enfin le zele de la
religion qui conserue la Majesté de l'Empire. Mais peut-estre

que quelqu'vn sera touché de
l'infortune de ce Prince si pieux,
qui vient de perdre la vie par
vne fin si malheureuse, comme
s'il faloit iuger de la vertu & du
merite des hommes, par les ac-
cidens qui arriuent dans le
monde. Y a-t-il quelque sage
qui n'ait pas reconneu que les
affaires humaines sont fragiles,
& inconstantes, & que comme
vne rouë elles tournent conti-
nuellement, qu'elles ne sont pas
tousiours suiuies de bons succez, & que tout est suiet au
changement. Rome a-t-elle eu
vn personnage plus renommé,
& plus heureux que Pompée,
cependant cét illustre Capitaine
apres auoir rendu tout l'Vniuers tesmoin de ses victoires, &
auoir obtenu trois magnifiques
triomphes, a perdu vne bataille
si funeste à sa grandeur, qu'il a
esté reduit à prendre la fuitte, &

sortir comme vn banny hors
des terres de l'Empire, pour
mourir enfin de la main d'vn infame eunuque d'Egypte. L'O-
rient a-t-il porté vn plus excel-
lent Prince que Cyrus Roy de
Perse? ce Monarque toutesfois
qui auoit dompté de si puissans
ennemis, & qui vsant de sa fortune auec vne admirable mode-
ration auoit conserué ceux qu'il
auoit vaincus, est mort malheu-
reusement par les armes d'vne
femme qui a destruit toute sa
puissance; et ce Roy qui auoit
tant honoré les vaincus que de
les faire seoir aupres de luy, a
seruy de spectacle inhumain à la
fureur d'vne Princesse qui luy
ayant fait trancher la teste, l'en-
ferma dans vn sac plein de sang,
commandant à ce Prince mort
de se saouler de ce qu'il auoit
tant aymé. Il est donc vray qu'il
n'y a rien que d'incertain dans

le monde, que ce ne font pas les
plus hautes vertus qui poſſedent
la plus haute felicité, & que
l'on voit aſſez ſouuent dans la
miſere ceux qui ſont dignes des
grandes fortunes. Mais y a-t-il
eu vn hóme plus adonné à l'idolatrie que Hamilcar Capitaine
des Carthaginois, qui demeura
au milieu de ſes bataillons tant
que dura le combat, faiſant des
ſacrifices à ſes Dieux, & lors
qu'il vid que ſes troupes eſtoient
rompuës, & que la deffaicte de
ſon armée eſtoit ineuitable, ſe
ietta dans les feux qu'il auoit
allumez, afin d'eſteindre auec
ſon ſang des flammes qui luy
auoient eſté ſi peu fauorables.
Parleray-ie de Iulian qui pour
auoir eſté trop ſuperſtitieux, &
pour auoir eu trop de creance à
ſes deuins, ſe perdit dans la
guerre où il s'eſtoit engagé, &
n'eut pas la gloire d'en reuenir

victorieux. Que fi de mefmes malheurs arriuent aux Princes Chreftiens, on ne nous accufera pas de les y auoir precipitez par des impoftures, car nous ne trompons perfonne, & nous ne promettons point à nos Monarques des Victoires, qui font en la main de Dieu. I'ay refpondu aux iniures des Gentils comme n'en ayant point receu. Ie n'ay eu autre foin que de combattre les raifons de nos aduerfaires, & n'ay pas entrepris de deftruire les erreurs de la fuperftition. Mais certes, augufte Monarque, leur difcours vous oblige de penfer ferieufement à la refolution que vous allez prendre. Car il vous peut fouuenir que Symmache apres auoir dit qu'entre les Princes qui ont gouuerné deuant vous cét Empire, les vns ont embraffé la Religion de leurs anceftres, & les autres ne ne l'ont pas condamnée, a adiousté que si la pieté des anciens ne peut seruir d'exemple pour nostre temps, il est raisonable que la dissimulation des derniers Empereurs en serue. Il vous a instruit par ces paroles de ce que vous deuez à vostre foy, pour ne rien souffrir qui donne authorité à la superstition, & de ce que vous deuez à la pieté pour ne pas violer les loix de vostre frere. Et certes si les Gentils ont parlé auantageusement de la dissimulation des Princes qui estant Chrestiens n'ont pas toutesfois aboli l'vsage de leurs ceremonies, auec combien plus de raison doiuent-ils approuuer, que par vne iuste passion de la gloire de l'Empereur Gratian vostre frere, vous mainteniez ce qu'il a estably en faueur de vostre religion, puisque mesme si vn Prin-

ce si sage auoit fait quelque
chose qui repugnast à vos sentimens, l'amour que vous deuez
auoir pour luy, vous forceroit à
le dissimuler, pour n'estre pas
obligé de reuoquer ses ordon-
nances.

F I N.

PRIVILEGE DV ROY.

LOVIS, par la grace de Dieu Roy de France
& de Nauarre. A nos amez & feaux Conseillers,
les gens tenans nos Cours de Parlemens, Maistres des Requestes ordinaires de nostre Hostel,
Baillifs, Seneschaux, Preuosts, leurs Lieutenans, &
à tous autres de nos Iusticiers & Officiers qu'il ap-
partiendra, Salut. Nostre cher & bien amé *Iean Ca-*
musat, Marchand Libraire Iuré de nostre bonne Ville de Paris, Nous a fait remonstrer qu'il desireroit
faire imprimer *Trois Harangues*, vne de *Symmache*, &
deux de Sainct Ambroise, S'il nous plaisoit de luy accorder nos Lettres sur ce necessaires, humblement
requerant icelles. A CES CAVSES, Nous auons
permis & permettons par ces presentes audit *Camu-*
sat, d'imprimer ou faire imprimer, vendre & debiter en tous les lieux de nostre obeïssance, chascune
desdites Harangues, en telles marges, en tels cara-
cteres, & autant de fois que bon luy semblera, durant l'espace de sept ans entiers & accomplis, à
compter du iour qu'il sera acheué d'imprimer pour
la premiere fois. Et faisons tres-expresses defenses,
à toutes personnes de quelque qualité & condition
qu'elles soient de les imprimer, faire imprimer,
vendre ny debiter durant ledit temps en aucun lieu
de nostre obeïssance, sans le consentement de l'ex-
posant, sous pretexte d'augmentation, correction,
changement de tiltre, fausses marques ou autre-
ment, en quelque sorte & maniere que ce soit,
à peine de quinze cens liures d'amende, paya-
ble par chacun des contreuenans, applicable vn
tiers à Nous, vn tiers à l'Hostel-Dieu de nostre
bonne ville de Paris, & l'autre tiers à l'expo-
sant, de confiscation des exemplaires contre-

fant, & de tous defpens, dommages & interefts : A
condition qu'il fera mis deux exemplaires en blanc
defdites Harangues en noftre Bibliotheque publique, & vn en celle de noftre tres-cher & feal le fieur
S O V I E R, Cheualier Chancelier de France, auant
que de les expofer en vente, à peine de nullité des
prefentes : Du contenu defquelles nous vous mandons, que vous fafliez jouïr & vfer plainement &
paifiblement l'expofant, & tous autres qui auront
droit de luy, fans qu'il leur foit donné aucun trou-
ble ny empefchement. Voulons auffi qu'en met-
tant au commencement ou à la fin defdites Harangues vn extraict des prefentes, elles foient tenuës
pour deuëment fignifiées, & que foy y foit adiou-
ftée, & aux copies collationnées par l'vn de nos
amez & feaux Confeillers & Secretaires, comme
à l'original. Mandons au premier noftre Huiffier
ou Sergent fur ce requis, de faire pour l'execution
des prefentes tous exploits neceffaires, fans demander autre permiffion. C A R tel eft noftre plai-
fir, nonobftant clameur de haro, chartre Norman-
de, & autres lettres à ce contraires. Donné à Paris
le vnziefme iour de Ianuier l'an de grace 1639.
Et de noftre regne le vingt-neufiefme.

Par le Roy en fon Confeil,

CONRART.

Acheué d'imprimer pour la premiere fois
le dix-neufiefme Feurier 1639.

www.ingramcontent.com/pod-product-compliance
Lightning Source LLC
Chambersburg PA
CBHW060843250626
47162CB00005B/2148